BOCAN

Historia DE UN Juan Tenor mayagüezano

Terminada de escribir en

Bayonne, NJ

El 27 de octubre del año 2012

ISBN: 978-1-300-34967-9

Nota preliminar

El Triangulo de la tolerancia

Nos dice Argelia Jusino hija de Bocán y Juanita (Cuca) en una de sus notas:

"Dejame decirte algo de lo que me acorde'....un día Elba no se sentía bien y me dijo-" no debería pedirte esto, pero hazme el favor de leerme esta carta de tu padre me envió... era una poesía hermosa de amor que Gladys Pérez y Evelyn Pérez le ayudaron a hacer a papi para contentar a Elba. (la caligrafiá era con estilo y el papel de seda)Se la leí y ella comenzó' a llorar y a decir, el tiempo dirá ...Elba me quería mucho y me llamaba "YEYA" a mi me gustaba ir a su casa por doña Margot su mama' que era costurera y me encantaba verla coser bellos trajes para las Pérez y para nosotras, mami le pagaba por la costura y en las pascuas Ibel, Yo, Virgen y Olgui vestíamos con la misma moda y de diferentes telas. A Elba se le aceptaba....pero a nadie mas...Yo un día le pregunté a mami como ella podía soportar a papi con lo que hacía y ella me dijo:::"a tu padre le gusta la vida bohemia y a mi no, yo fui criada diferente y Elba le complace en cosas que yo condenaría"

Después que tu padre, aunque lo coja con las manos en la masa; me lo niegue ... sé que respeta mi honor de esposa y a ella "la querida" pues como se dice "me da mi puesto y lugar"
El documento que aquí se incluye es muy importante para entender la institución conocida como el queridato en P.R. Era el perfecto triangulo de amor, en que el marido mantenía su querida, lo que le daba estatus en la comunidad.

La esposa se mostraba desentendida pero aceptaba de facto la relación de su marido con la querida. Si había hijos, se aceptaban con la gracia de los hijos propios.

Por lo general el Domingo era para la querida. El marido se vestía bien y la esposa lo ignoraba, El salía callado y sin hacer ruido. Al llegar lo hacía de igual manera,

Mi infancia

Mi infancia estuvo cargada de falsos placeres y de falsas riquezas. Así se manifestaba Bocán luego de que los años dejaran las huellas en su cuerpo.

Pero la vida de Bocán fue una vida dedicada al juego los placeres y a sus amantes.

Fueron millones de dólares producto del juego de la bolita los que pasaron por sus manos, dinero que se fue, como se van las aguas de un río, que no notamos pasar, pero que pasa.

Bocán tuvo su momento en que se convirtió en la más poderosa figura del bajo mundo mayagüezano y del Barrio Colombia en específico.

Tuvo a sus pies abogados, fiscales y jueces, todos se rendían ante la ilusión de llegar a ser poderosos como Bocán, para poder amasar dinero con la abundancia que él lo hacía, disfrutar de buenos autos y encantadoras mujeres como él las tenía. Pero no se daban cuenta de que mientras mayor era su fortuna, más grandes y poderosos eran sus enemigos,

Bocán fue arrastrando a toda la familia en el negocio, cuando vinimos a darnos cuenta, ya la banca nos había tragado a todos, uno por uno fuimos tragados por el vicio del juego. Pero fue gracias a Dios que encontramos la salida.

El año en que nació Bocán 1916

Ese año fue el año de la guerra, año en que los EU entraron a la Primera Guerra Mundial. Los ejércitos alemanes desencadenaron una fuerte ofensiva sobre Verdulero en el transcurso de la Primera Guerra Mundial. Mientras, se producían conversaciones entre los ministros de Asuntos Exteriores del Reino Unido y Estados Unidos para lograr la paz y evitar que sus Estados entraran en el conflicto.

Las fuerzas rusas se batían en retirada en la región de los lagos Masurianos ante la ofensiva alemana del general Paul von Hindenburg, durante la Primera Guerra Mundial. Alemania, por otro lado, declaraba la guerra submarina total en aguas británicas, en respuesta a las medidas de bloqueo del Reino Unido.

Mayo: comienza en la República Dominicana la primera intervención militar de los Estados Unidos con el desembarco de las tropas, y la proclama, el 29 de noviembre, de la ocupación del país por un periodo de 8 años.

Estados Unidos: Entra en vigor la denominada "*Ley Seca*" que prohíbe la venta de bebidas alcohólicas

Guerra Mundial, el 8 de enero de 1916, Las fuerzas aliadas abandonan la península de Galípoli, en Turquía.

Introducción a Bocán

La historia de Bocán se remonta a la época en que Mayagüez se encontraba dividido en feudos de poder, entre un sujeto de apellido Nazario y apodado como Satanás, el Alcaldito y Los Canelos.

Bocán nació en el pueblo de Cabo Rojo, pero emigro luego a Mayagüez en busca de aventuras. Era parte de la juventud que hacia negocios bajo la sombra de Los Canelos. Bocán por tener sus cualidades administrativas, se destacó como administrador de bancas de bolita. A Bocán el dinero nunca le cambió, ya que siempre fue amigo del necesitado, a quienes les suplía de recursos sin cobrarles intereses. Su casa era visitada por policías de diferente rango, quienes iban en busca de las regalías de las bancas del juego conocido como el juego de la bolita.

Tributo que lo mantenía fuera de peligros, lo que le dio una pequeña fortuna en el bajo mundo del juego.

Pero Bocán era poseedor de unas cualidades muy humanas. Aunque era por naturaleza un hombre mujeriego, pero sin importar cuantas mujeres tuviera, su familia y sus hijos eran primero, ya que como padre fue buen proveedor.

Aunque fue época en la que exixtía el queridato como una institución, en que la esposa aceptaba callada y desentendida, la existencia de una querida en la vida de su marido, Bocán siempre demostró sumo respeto ante la presencia de su esposa e hijos, con los que en las noches acostumbraba tomar chocolate con queso blanco y pan caliente.

Bocán gustaba mucho de sacar su familia a cenar fuera, pero su popularidad como Juan Tenorio, le hacia meterse en problemas, sin tener que salir por ellos, en especial con su hija Argelia, la que funcionaba como un espanta moscas, si se acercaba alguna admiradora Argelia se encargaba de desaparecería.

Bocán era un hombre de porte atlético cuya estura sobrepasaba los seis pies, con una personalidad de galán de cine insuperable, que se paseaba en su auto Buick del año, vestido con una Guayabera de hilo fino y cargado de prendas de oro macizó, por lo que su plantaje le causó muy graves problemas maritales dados por su marcada debilidad ante el sexo opuesto.

Su némesis fue Elba Vargas, su mujer amante, la querida con la que engendró varias hijas y con la que vivió una tragedia amorosa que duró varias décadas. Hijas a las que Cuca acepto

con la piedad de la madre que supera los celos y ve a todos los hijos por igual. Muriendo Elba en el ocaso de su vida, en condiciones de verdadera piedad.

Origen de Bocán

Nació el día 2 de junio del 1916, En el Barrio La Quince de Cabo Rojo Ese día nació Oscar Rodríguez López, conocido en adelante por todos como Bocán, quien nació en medio de una crisis mundial sin precedentes. Europa se debatía en el caos de los estragos dejados por la Primera Guerra Mundial y Puerto Rico se debatía en medio de su mas grande crisis política, social y económica. Andábamos por el año número 18 de la invasión norteamericana y a esas alturas no éramos ciudadanos de ningún país. Todo era un verdadero caos. No éramos ciudadanos españoles, ni puertorriqueños, se nos había privado de nuestra cudadania española y no eramos ciugaganos americanos, éramos parias en nuestra propia tierra. Así nació Bocán como ciudadano de ningún país.

El parto de Bocán no sólo fue complicado, fue mortal. Los servicios médicos del momento eran pésimos y a penas se conseguían medicinas en los hospitales sin importar el dinero de la familia, ni el esmero de los médicos, perdiéndose la vida de la madre durante el parto, quedando huérfano el niño y al cuidado de sus familiares. Luego le hicieron ver a la familia que los médicos tuvieron que ecoger entre una vida o la otra. Magna mentira, si tenían para escoger, es porque los dos tenian oportunidades de vida, entonces la mataron o la dejaron morir, no era cuestión de escoger

Esas fueron las circunstancias históricas del nacimiento de aquel Caborrojeño conocido por todos como Bocán, quien más adelante se habría de integrar por completo a la comunidad del Barrio Colombia de Mayagüez.

En lo económico nos debatíamos entre el hambre y la miseria, no se conseguía trabajo y si se conseguía la paga era escasa y no alcanzaba ni para comer. También abundaba el Raquitismo, nombre que se le da a la enfermedad mortal que produce el hambre,

Aunque Bocán venia de una familia económicamente holgada las circunstancias en el país no dejaron de afectar su real crecimiento y su desarrollo económico y laboral, destacándose como planchador de una lavandería, donde contrajo la tuberculosis.

Bocán se mudó a Mayagüez, donde conoció a la que luego pasara a ser su esposa Juanita Jusino, conocida por su apodo Cuca. Hermosa

mujer mestiza la que acaparó de inmediato la atención del galán. Cuca como era que cariñosamente le llamaban, respondió rápidamente al galanteo del recién llagado caborrojeño. Cuca era la hija de un comerciante de este pueblo, quien les solicitó casarse, ya que él no creía en el amor libre. Cuca y Bocán se casaron. Era mediados de los años treinta, las cosas no le iban bien a Bocán y se enfermó de tuberculosis, enfermedad muy común en Puerto Rico en esos días, sanando de la enfermedad aunque quedo inutilizado de un pulmón. La vida se torno triste para la joven pareja. Bocán no podía trabajar por dos razones, primero que estaba enfermo, segundo, que no había empleos en el país y la gente se moría de hambre. Pero la suerte estaba echada y Bocán consiguió empleo vendiendo números de la loteria clandestina llamada la Bolita. Se empleó de bolitero, lo que era riesgoso y pagaba poco, pero era un trabajo, además el lo vio como un primer paso hacia algo grande. Si el gobierno se hacía de la vista larga ante la ola de contrabando en la Isla. ¿Por que no con la Bolita?

Bocán se fajó en la venta de sus números y pronto era proclamado como un vendedor estrella por los banqueros. para los que fuera el de gran beneficio, pues les ayudaba a cuadrar las bancas con sus ventas adicionales, ganando fama entre los banqueros. Así, ayudando en los cuadres de las bancas, se fue metiendo en el negocio.. vendía sus números y colaboraba en los cuadres de las bancas, aprendiendo el negocio desde la A hasta la Z. La limpia y meticulosa administración de sus bancas le llevó a amasar una pequeña fortuna.

Bocán era un hombre dadivoso, quien no

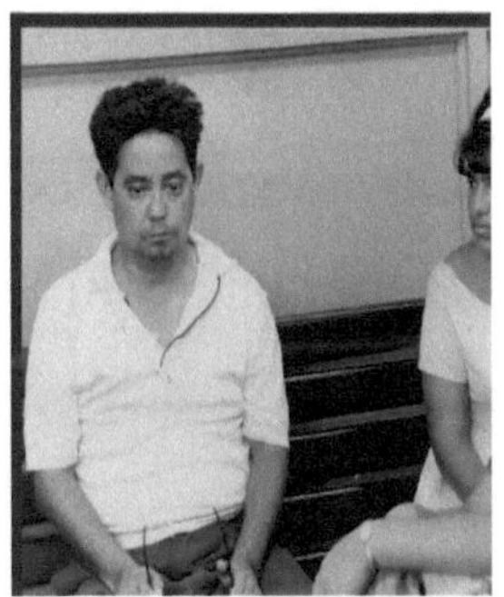

Arrestado en 1940 por juego de bolita

perdía la oportunidad para dar de lo suyo a los necesitados. Razón por la que vecinos del barrio recurian a el con alguna necesidad, recurrían al siempre atento Bocán a que les resolviera y Bocán siempre les resolvía.

Era un hombre muy extraño que se esforzaba por mantener bien a su esposa y a sus amantes, en igualdad de condiciones.

Era un hombre de costumbres familiares. En las noches salía en su flamante Buick e iba raudo a la panadería a comprar pan caliente. Llegaba con su pan y nos "despertaba a todos, si es que estábamos dormidos, mami se levantaba y se disponía a preparas su consabido chocolate caliente". El que de inmediato degustábamos con el rico pan caliente, el que acompañábamos con queso de bola o queso blanco, también con casquitos de guayaba en almíbar.

Bocán nunca dejó el barrio a pesar de su fortuna, Nos comenta su hija Argelia: "Vivíamos en la casa más grande del barrio, en la calle relámpago, era una casa grande de madera construida en dos pisos, dotada con todas las facilidades de lavandería y planchadoras, más había una señora que me atendía, dona Belen.

La casa quedaba a lo largo de la manzana norte de la Calle Relámpago y le quedaba de forma perpendicular a la calle Mc.Arthur, que era la misma calle en la que vivía Elba Vargas, la escandalosa amante de mi padre Bocán. Elba Vargas, la trágica Elba, la otra, la querida, La amante de toda una vida. La que respondiendo a la institución del queridato, se conformaba con ser la querida, se sentía segura de si misma con ser la bella y sensual amante, pero la amante del hombre más poderoso y codiciado del barrio.

Nos narra Argelia, que de niña, ella notó que algo andaba mal con aquella señora al ver que: "mami se paraba en el balcón que rodeaba la casa con su bata de chenille roja y miraba para la calle y un día recuerdo que me dijo "mira a tu padre entrando en la casa de la corteja". Mire y vi a papi con su guayabera blanca pantalón gris y zapatos blancos mas tirao que un "che'" abriendo el portón de esa casa y entrar."

Argelia era muy niña para entender esas casas, por lo que siguió jugando con sus muñecas.

Cuca estaba tan molesta que ardía de la rabia, se fue adentro de la casa lanzando objetos y tirándolo todo. Como dirían en el campo: "No le olían ni las azucenas".

Mientras tanto, Bocán daba los últimos detalles a su visita, Como era ya la costumbre, se metió la mano al bolsillo, sacó un fajo de billetes, del que desprendió dos billetes de a cien, los extendió hacia Elba y le dijo, esto es para que hagas compra, si te quedas corta me avisas. Dio la espalda y se marcho en su radiante automóvil,

Llegó hasta la panadería en el centro del pueblo, detuvo el auto en doble parking y se bajó del mismo. Subió los dos escalones de entrada de un solo tranco, se acercó a uno de los empleados de la panadería, quien lo atendió con prontitud y esmero, le entregó el llavero con las llaves del auto y le dijo: Por favor ve y estacióname el auto, el sujeto asintió sin preguntar siquiera y se fue a estacionar el auto,

De lo que se trataba realmente era de una estratégica artimaña para lograr la entrega del material de la bolita. El sujeto se llevó el auto, lo detuvo y se estacionó en una calle pequeña en la que ya estaba esperando su contacto, Pasaron las cajas del material de un auto al otro, las que fueron colocadas en el baúl y se estacionaron cada cual para su lado.

El chófer improvisado regresó a la panadería y le entregó las llaves al Bocán, diciéndole: Todo en orden señor. Bocán le entrego al sujeto diez dólares de propina por el favor, tomando sus dos libras de pan se marchó hacia su casa.

Como a eso de las siete de la noche llegó el siempre sonriente Bocán, quien desconocía que Cuca lo había visto entrar a la casa de Elba, llegaba sereno, como si nada hubiese ocurrido, cargando en sus manos aquellas acostumbradas dos libras de pan caliente y se lo extendió a Cuca, pero esta lo tomó en sus manos con tanto coraje, que golpeó a Bocán sobre la cabeza con la bolsa de pan, él se irritó, y al salir a relucir el nombre de Elba Vargas, él se cargó de ira, discutieron amargamente y se fueron a las manos. En el apogeo de la lucha, se dieron hasta dentro del pelo, pero como a Bocán le faltaba un pulmón de inmediato empezó a fallarle el aire y Cuca se aprovechó de la ventaja dándole como de arroz y de masa.

Al final de aquella escandalosa pelea, para

cuando se agotaron y se cansaron de arrojarse objetos, de darse golpes y de gritarse insultos, ella terminó sentada sobre el suelo con su todo dolorido el hermoso Bocán, recostado sobre su falda llorando como un niño, sin consuelo, mientras que ella le secaba el sudor y las lágrimas, acariciándolo como a un niño, haciendo uso de toda su ternura.

Al cabo de un buen rato ambos se acariciaban como párvulos, mientras él le susurraba, “te amo” se besaron como dos tiernos adolescentes, más luego de pasado un rato, ocurrió que el momento fue cobrando un mayor estado de intensidad amorosa, se fueron a la cama y dejaron que Eros, y Afrodita se encargaran de sanar las dolamas de la reyerta.

La pelea con Elba

Bocán quiso reconstruir su vida familiar sin perder sus privilegios. Así que mudó a Elba a un cuartucho en la calle León, casa de los Meléndez. Allí Daniel Balines le serviría de enlace y de correo con Bocán.

Una tarde la habitación se tornó ruidosa y se escuchaban los gritos que se lanzaban ambos personajes, Cuando cesó el escándalo, Elba yacía tendida sobre el piso, sangrando por la herida que le había causado Bocán al golpearla en la frente con una sortija que portaba en el dedo de su puño.

Pero Elba no se quedaría con aquella e iría al contraataque y así lo hizo. Mandó sus espías a vigilar y una noche en la que Bocán se encontraba jugando al billar en la Calle Post de Mayagüez, Elba se apareció montada en su auto amarillo, se bajó del mismo y con el taco de su zapato rompió el cristal frontal del automóvil de Bocán. Luego de que se escuchó el aullar de las sirenas de alarma, Elba se marchó rauda lejos del lugar.

El Tratado de Paz

Elba y Bocán se encontraban negociando un tratado de paz, un arreglo que acabara con la hostilidad entre ambos y para celebrar se fueron al más fino restaurante en la playa de Joyuda.

No se sabe como, pero Cuca se enteró de la cita y corrió a tomar un taxi que la llevara a la playa de Joyuda. Se fueron mirando los estacionamientos de cada restaurante hasta que encontraron el Buick de Bocán. Joyuda's Family Inn, leía el letrero a las afueras del restaurante y allí estaba el Buick de Bocán. Cuca entro presurosa a la sala y al verlos les gritó; ¡Bonita pareja! Las dos mujeres se agarraron y se dieron hasta dentro del pelo, imponiéndose la fortaleza física de Cuca ante el exceso de tragos de Elba. Bocán intervino y también cogió su poquito del plato que Cuca servía a Elba. Mientras que a lo lejos se escuchaba la voz del taxista quien preguntaba ¿y a mi quien me paga? A la larga, Bocán pagó por el taxi la venida de Cuca y el regreso de Elba. Cuca se regesó con Bocán.

Los Chicos enloquecen.

Administrar una banca de bolita no es nada facil. Pero trabajar la banca son otros veinte pesos. Papo acababa de cumplir los quince años de edad y su espíritu le pedía aventuras.

Habló con sus padres para que le permitieran sacar el permiso para conducir como menor de edad, pero estos se opusieron. Papo rabeaba de coraje, el quería su permiso y lo iba a obtener como fuera.

Se fue a la oficina de permisos para conducir vehículos de motor y sacó la solicitud de permiso para conducir y la solcitud de endoso para los padres, que autoriza al menor a conducir y el padre se hace resonsable de los dañosque cause,

Papo se fue a la casa de su amigo Robert, quien le ayudó a llenar la solicitud y el endoso, falsificando la firma del padre con el fin de sacar la licencia para conducir.

Papo Habló con Fredy Bachan quien tenia un Chevrolet Impala del año 73, lo llevó al área de examenes a tomar practicas, en especial en el uso de la riversa, ya que ese era su punto debil. En esos días el área de exámenes era en la cuesta de la escuela industrial para menores, de Cabo Rojo.

Fueron todas las tardes hasta que Fredy Bachán entendió que estaba listo para tomar el examen y lo tomó, pasándolo con 90 puntos de cien. Ya era sólo cuestion de esperar a que me llegara la licencia para ir a celebrar.

La licencia me llegó en diez dias, como lo prometido es deuda, nos fuios a celebrar. Ese día le robaron el Buick al abuelo y se fueron a celebrar con sendas cervezas. Fredy y el flaco se emborracharon y se pusieron a sacar la cabeza por la ventana del carro para gritarle palabrotas a los que pasaban por nuestro lado.

Papo como tambien estaba borracho, lo tomaba todo a gracias, y reía como un loco. Fue entonces que pasó un auto patrulla de la policía, que los detuvo. Cuando el policía le preguntó por sus placas, éste entró en risotadas y le dijo al policia, tengo las placas del pecho. Aquello que pretendió ser un chiste enfadó al policía, quien le quitó las llaves del auto y lo puso bajo su custodia, mientras le decia: No te confisco el carro y los meto presos a los tres, porque se que eres nieto de Bocán y el es muy amigo de mi jefe el coronel Meliá.

Se los llevaron al cuartel de la policía y los dejaron en una selda improvisada debajo de la escalera que daba al segundo piso del cuartel. Llamaron al Negro Chiguán para que fuera a recoger el auto y Chiguán lo fue a recoger. Los tres amigos durmieron esa noche encerrados. Como no se radiaron denuncias contra ellos, al otro dia los dejaron ir a sus casas, donde recibieron tremenda golpiza de parte de sus padres.

Pasaron unos días y se les despertó nuevamente el instinto aventurero, esta vez fue Chiqui el hermano menor de Papo, quien se robó el Buick del abuelo y se fue para San Juan a festejar con unos amigos del área metropolitana. Al tercer día decidió regresar, mas al llegar a la esquina de la casa venia medio dormido y medio borracho, al coger la estrecha curva no redujo la velocidad, ni se dio cuenta del poste de la luz que estaba frente a él, desbaratando el auto nuevo del abuelo.

Como Papo y Chiqui fueron multados por el costo del poste, el abuelo les prestó los 600 dolares, pero los obligó a trabajar para pagarles el dinero. El auto fue declarado pérdida total y la asegurdora cubrió los daños.

Para trabajar se fue de chofer con un viejo

oriundo de Lajas que se habia mudado al barrio. Ibamos a Lajas, a su finca y sacabamos las piñas, cocos y las viandas. Chiqui y Papo conducían y el viejo Mayo les servia de guía, Asi viajaban por toda la Isla y vendían las piñas, cocos y viandas. Hasta que terminó de pagarle los 600 dolares al abuelo. Y luego renunció.

Pero esa no era si única oligación, Papo se había casado con Wanda, la hija menor de Negro el de Chalán a los 16 años de edad y no quería depender de la banca, por lo tanto trabajaba en todo lo que aparecía ya que tenía alquilada la casa de Fredy Bachán y tenía que pagar renta y cubrir todos los gastos del matrimonio.

Papo se fue en busca de otro trabajo y su papá le dijo que un amigo de comunicó que Mayo todavlía estaba buscando un chofer, que estaba a gusto con su trabajo y que le gustaría que volviera a ser se chofer para el camión de barandas para vender frutas por la Isla. Papo se sentía a gusto pues se llevaban bien y aunque Mayo era un poco uraño, lo trataba bien. Mayo siempre estaba echando chistes y narrandole anécdotas de su juventud en el Barrio Cerro Alto de Lajas. Era evidente el contaste de su muchachería al lado de los años de Don Mayo. Corrieron toda la Isla con sus frutas, se conocían cuanto cubujon había en Puerto Rico. Don Mayo se sent.ëa orgullaso de que la gente probara los frutos lajeños, la piña cabezona, el mango, las pastas de frutas y otros frutos menores. Don Mayo tenía un problema, es que estaba como ciego pero con el dinero no se equivocaba, veia muy bien los billetes y no se perdía en las carreteras.

La televisión

Eran los años cincuenta, año en que comenzó la televisión en Puerto Rico todos querían verla, aunque sólo presentaban la cara de un indio en pantalla. No obante la gente se sentaba por horas en espera de poder ver algo que se moviera.

Bocán le compró a Cuca la primera televisión del barrio. La casa se les llenó de gente de la vecindad que fueron a ver la televisión y su primer gran programa el Show de las doce. Dieron las doce y salieron las primeras imágenes medio distorsionadas, pero aun así, la gente irrumpió en aplausos.

Pasaron los días y Bocán compró un segundo televisor, esta vez para Elba, quien acaparó la cantidad de publico frente al balcón y la acera de su casa.

El entusiasmo no parecía detenerse, cosa que aprovechaba Bocán para dejar salir el material de la bolita de su casa. Los agentes estaban tan confundidos que decidieron desmantelar la vigilancia.

Bocán agradecido compro un tercer aparato televisivo y lo colocó en el balcón de la casa, para de esta manera mantener su marquesina vacia de publico y la gente vería televisión.

El espía

Contiguo al solar de la casa de Bocán quedaba una pequeña estructura de madera, la que por su tamaño era usualmente alquilada a matrimonios sin hijos. La estructura hacía varios meses que estaba deshabitada, por lo que la policía decidió usarla como centro de espionaje contra Bocán y su familia.

Un buen día se mudo a aquella casa un sujeto completamente desconocido en el barrio, que respondía al nombre de Victor Quiñones. El sujeto no tenía propiedades y no se le identificaba trabajando en lugar alguno. Esto le causó sospechas a Bocán, quien pidió a su familia mayor cuidado en el manejo del material de la bolita.

Bocán afirmaba que el sujeto era policía encubierto, contrabandista de drogas o simplemente era algún vulgar ladrón o un estafador cualquiera. Pero bueno no era.

El sujeto se hizo muy amistoso con la familia de Bocán y las visitas se hicieron muy seguidas y periódicas, las que aprovechaba y los cargaba de preguntas que les resultaban muy sospechosas. Bocán se molestó y decidió acabar con la situación, por lo que lo invitó a una barbacoa en el patio de la casa. El sujeto se puso muy contento y le preguntó si debía llevar algo y Bocán le sugirió un botella de Brandy caro, a lo que Victor asintió.

En plena barbacoa Bocán descorchó la botella de

aquel Brandy y lo invito a brindar por la amistad.

El brindis de Bocán fue el siguiente: Por la amistad y que esa amistad te lleve a convertirte en mi contacto fuerte dentro de la policía. El sujeto se atraganto con el trago, al extremo de que hubo que ofrecerle primeros auxilios. Acababa de ser públicamente puesto al descubierto como agente de la policía.

Confesó Víctor su misión de espionaje y se negó a hacerse socio de Bocán como contra espía. Al otro día Víctor se desapareció del Barrio, nadie se dio cuenta siquiera de su mudanza

.

Un día de viaje para San Juan

Según nos contara uno de los acompañantes: "Víctor fue expulsado de la policía pero la persecución se incrementó contra Bocán. Al extremo de que la comunicación entre San Juan y Mayagüez se vio interrumpida, intentamos todas las formas de llegar y se nos hacía imposible. Así que decidimos ir a San Juan directamente y recoger en persona el dinero de las bancas. Se pautó el viaje para el domingo.

Ese día los agentes estaban más vigilantes que nunca. Aparentemente se había colado una confidencia y nos estaban vigilando. Pero los planes seguían. Antes de salir Bocán se reunió con su hijo Oscarlito en privado y le dio instrucciones en especifico, luego salimos para San Juan.

La persecución comenzó desde frente a la casa y nosotros nos fuimos a dar vueltas por el pueblo, para ver si despistábamos a los agentes. No quedó ni un rincón en toda la ciudad en que no intentáramos escondernos y allí se nos aparecía un auto del gobierno. Pero estos eran muchos y siempre que nos les escapábamos, nos encontraban. En un pequeño descuido nos fuimos veloces hacia Añasco. Los patrulleros no nos encontraban y eso les trajo confusión, lo que aprovechó Oscarlito para escaparse rumbo hacia la montaña. Así fue que mientras la policía buscaba un vehiculo Buick del año, de color rojo, el Chevrolet verde de Oscarlito se confundía en el verde panorama de la montaña, mientras se dirigía a cumplir una misión especial.

En esos días un viaje para San Juan era una especie de tortura. Como no existía la carretera expreso, se salía de Mayagüez y al llegar a Añasco se giraba hacia Rincón para luego de llegar a Aguada, tomar rumbo hacia Aguadilla, luego para Arecibo y entonces se seguía para San Juan.

Al llegar al cruce de Añasco, allí estaban dos patrulleros, Los que nos detuvieron para pedirnos identificación. Nada, es que querían estar seguros de que eramos nosotros a quienes perseguían.

Rodamos nuestro vehiculo hacia Rincón y al llegar a las famosas curvas de ese pueblo, nos esperaban seis autos no oficiales de la policía. Bocán nos dijo, todos callados, si alguien habla ese soy yo. Un policía vestido de ropas militares, de fatiga, se nos acercó muy envalentonado y nos gritó, ¡Ustedes se creen muy listos y son unos idiotas!, ¡Miren lo que tengo para ustedes! Mostrándonos una escopeta de cañón recortado, la que apuntó hacia el rostro de Bocán. Todos nos habíamos quedado mudos, no podíamos hablar.

Se bajaron de sus autos otros agentes de la policía y nos fueron sacando del Buick, uno por uno, para registrarnos y luego sentarnos sobre la brea caliente de la carretera, rodeados por seis gendarmes portando armas largas. Luego se dedicaron a desmantelar el Buick. Un auto que había salido del salón de exhibición hacía unos días y estaba siendo desmantelado para complacer un caprichoso registro. Pero no había nada más que hacer que esperar.

Dos horas más tarde se marchaban dejándonos con el auto desmantelado. Nos dispusimos a montar nuevamente el auto sin protestar y continuamos nuestro viaje. Seguidos por un auto Wolkswagon, que a veces por molestarlo lo dejábamos resegado.

Oscarlito habiendo seguido las instrucciones de su padre, luego de esperar un media hora, partió solo en su auto rumbo a la montaña, carretra estrecha y tortuosa, que conduce hasta el barrio Miradero y de allí a los pueblos de la montaña denominados Las Marías, San Sebastián,

Lares, Utuado y de allí a Florida y luego a Arecibo, donde luego de aquella odisea, se fue a llenar su tanque de gasolina a la única gasolinera que había, luego se escondió a esperarnos.

El auto de Bocán llegó al Gran Café a eso de la media noche, luego de haber viajado durante todo el día.

Estacionaron el auto frente al Gran Café y entraron a devorar sendos y sabrosos sándwiches cubanos. Mientras tanto el auto del agente no llegó hasta el Café, ya que se detuvo como a unos diez autos de distancia, frente a un negocio llamado La lechonera. Precisamente como Bocán lo había previsto. Se mantuvieron vigilantes hasta que el agente se bajó a comprar algo de comer en la Lechonera. Oscarlito, que estaba escondido vigilando, tenía su auto estacionado en el lado norte de la calle que cruza la carretera número dos. Calle que se dirige hasta el centro de la ciudad. Fue cuando Oscarlito, al notar que el agente se bajaba de su unidad, procedió a sacarnos del Café, por una puerta lateral, para montarnos en su auto fuimos, así fuimos sacados del Café para dirigirnos a San Juan. No sin antes entregarnos una arma corta a cada quien para su defensa personal.

Partimos rumbo al centro de Arecibo, para conectarnos con la carretera que da a la Cueva del Indio, de allí a Dorado y luego a la región del Toa y al fin San Juan. El Buick se quedó parado frente al Gran Café, mientras el agente trasnochaba frente a la lechonera, esperando que saliéramos del Café.

Llegamos a San Juan donde ya nos estaban esperando con dos valijas de dinero. Bocán no se detuvo a contar, sólo preguntó, ¿está cuadrado? ¡Al centavo Señor!, fue la respuesta. Colocaron el dinero en el baúl del carro y partimos de regreso Mayagüez.

Al llegar a Arecibo, todavía estaba el agente esperándonos. Nos estacionamos al costado del Café y entregamos las armas a Oscarlito, entramos por la puerta lateral del café a degustar un buen almuerzo, luego salimos por la puerta del frente y nos regresamos a Mayagüez, seguidos de forma tímida, por el Wolkswagon.

Oscarlito se detuvo un rato y tomó rumbo a Mayagüez por la tortuosa vía de la carretera diez que lo condujo de Arecibo a Ponce y de Ponce a Mayagüez. Al llegar Oscarlito a Mayagüez, Bocán exclamó, ¡Vamos adentro y busquen las bolsas que hoy tenemos medio millón de dólares que repartir en premios atrasados!

Bocán contraataca.

Los espías eran la orden del día, Los oficiales de la policía corrupta se la pasaban enviando emisarios con el objeto de poder convencer a Bocán de que pagara sus cuotas de protección. El bando era encabezado por un coronel de la policía de Apellido Meliá, quien años más tarde fuera encarcelado bajo el "RICO Act" por delitos federales de corrupción.

Como Bocán no respondía, Meliá aumentó su cantidad de espías contra Bocán, quien se mantenía firme en no transigir con la policía y comenzaron los allanamientos, pero nunca encontraban nada.' La casa de Bocán estaba limpia.

Sucedió que los policías tomaron de costumbre montar vigilancia nocturna en las aceras del frente de la casa de Bocán y en la esquina de la calle McArtur con la Calle Relámpago, de esta manera pensaban que mantendrían cerrada la banca.

Pero sucedió que una noche mientras Bocán se encontraba tomando su chocolate caliente con pan y queso blanco, con todas las luces de la casa encendidas, los agentes, de forma desafiante, se apostaron frente a la casa de Bocán y de sorpresa empezaron a llover las piedras durante la noche y a saltar los cristales rotos de las patrullas. Eran los vecinos que estaban hartos de la policía y decidieron resolver el asunto, como se resuelven las cosas en mi barrio, a pedradas, obligándose los policías a cesar en su abusivo empeño.

Así fue que como respuesta, iniciaron los allanamientos periódicos. Se presentaban de madrugada, cuando todo era silencio y el barrio dormía. Rodeaban la casa con carros patrulla , con apoyo de un centenar de agentes a pies portando armas largas y uniformes de combate.

Incluyendo ambulancias y hasta un camión blindado.

Llegaban. “Esto es un allanamiento Bocán, salgan todos con las manos arriba.” Se veía salir a toda la familia en ropas de dormir, con los niños marchando en medio del llanto.

Una vez fuera de la estructura, todos eran esposados, se notaba con claridad que el objetivo de la incursión no era hacer cumplir la ley y si rendir a Bocán ante los pies del coronel Meliá.

De inmediato todo un contingente de hombres y mujeres uniformados penetraron la residencia de Bocán, poniéndola revuelta, como de pies y cabeza. Sacaban las gavetas de los muebles y las volteaban sobre el suelo. Sacaba los trajes de Bocán y los tiraban todos al suelo, trajes de hombre y ropa de mujer caros, fueron a rodar por el piso. Lo mismo ocurrió con las habitaciones de los niños. Como siempre era de costumbre, al final de la búsqueda sin frutos, soltaran la esposas que les amarraban a las patrullas y les ordenaron, “Se pueden ir”

Nada de material que por lo menos fuera

algo comprometedor era encontrado y no había arrestos. Pero se sentó la base para negociar con Meliá la seguridad de la familia de Bocán.

La operación se repitió por varias semanas y Bocán aceptó la imposición del tributo que le dictaba el muy corrupto Coronel Meliá y cesaron los allanamientos, pero no la persecución en la calle.

Lo que la policía nunca notó fue que como ya se esperaba la llegada de la policía en la madrugada, se trabajaban las bancas muy temprano y se movían los equipos por los patios de las casas. En el frente de la casa jugaban los niños y tras bastidores se cuadraban las bancas,

La guerra de las cajas

Una vez, en medio de las penumbras de la noche, un sujeto siniestro, colocó una caja sobre el balcón de la casa de Bocán. Todo fue conmoción. Los agentes intrigados no hallaban que hacer con aquella caja y establecieron un perímetro vehicular. Alrededor de la casa de Bocán, manteniendo una distancia prudente. Una hora más tarde otro sujeto se acercó sigilosamente y tomó la caja en una rápida operación y la colocó en su auto, partiendo de forma acelerada. Dos o tres calles más abajo lo detuvo la policía, lo arrestaron y le confiscaron la caja, cuando abrieron la caja en pleno cuartel de la policía, encontrando dentro de ellas periódicos viejos. Se trataba de una treta de Bocán para determinar y medir cuan vigiado estaba. Fue de esta manera que nació la guerra de las cajas.

Bocán desarrolló la siguiente estrategia, cuando había que hacer una entrega del material, Se colocaban cinco autos en un lugar determinado y se colocaban cajas idénticas en el baúl de cada carro, cuatro de las cajas llenas con periódicos viejos y una con el material, saliendo con ruta distinta cada carro.

Así cuando un carro era detenido para ser inspeccionado, cuatro autos mantenían la marcha y el material siempre se podía entregar. Así fue que empezó la guerra de las cajas. Repitiéndose la operación semana tras semana.

Una vez en que se sintieron realmente

amenazados por tanta vigilancia. El material fue colocado en el carro de Bocán, quien Salió rumbo hacia Cabo Rojo a hacer una entrega, seguido por dos autos de agentes.

Se detuvo en un negocio y se dio un trago de brinda, de paso le preguntó al cantinero si tenia una caja vacía que le regalara, el cantinero le regaló una caja que Bocán colocó en el asiento trasero del auto,

Rodó el auto un par de kilómetros, se bajó a darse otro trago, tomó la caja vacía, la dejó fuera a la entrada del negocio. Se dio el trago, partió hacia Cabo Rojo a hizo la entrega, mientras que los agentes se amanecieron vigilando la caja vacía en espera de que alguien pasara por ella. Muy de mañana cuando llegó el hombre de la limpieza, levantó la caja para botarla y fue puesto bajo arresto de inmediato. Sorpresa, para la policía, la caja estaba vacía. Así, a mayor vigilancia policíaca, más y mejores eran las tretas de Bocán para evadir a la policía.

Los cristales rotos.

El trabajo natural de un administrador de bancas de bolita no es nada fácil, toma tiempo, Si a eso le sumas los procesos defensivos causados por el exceso de vigilancia, Te puedes dar cuenta de cómo se encontraba Bocán. Agotado por tanta persecución, comenzó a flaquear y a complacer las peticiones de más y Más dinero que pedían 7todos. Jueces, abogados, policías de alto rango y las mujeres. La situación económica no era la misma. Toda aquella suntuosidad se estaba viniendo abajo, y Elba Vargas, necesitada de más dinero para sostener su alcoholismo, como Bocán se negaba, ella lo dejó, en uno de los momentos de mayor desesperación del hombre. Cuando más él la necesitaba, ella no estaba, Bocán enloquecía, dejó de alimentarse bien y poco a poco se fue desgastando, hasta verse flaco.

En una triste ocasión se encontraron frente a frente y se miraron tiernamente a los ojos, de pronto ella frunciendo el ceño le pegó una cachetada y le gritó, ¡Te odio maldito Bocán, te odio!

El con voz melodiosa le dijo: Ódiame, que yo te amo. Ella rió como loca, y se marchó corriendo y gritando prendada por no se que demonio.

A lo lejos se escuchaba la voz gimiente de Bocán que sollozaba y recitaba entre dientes:

Te amo.
Para que seas la cosa esencial,
que mueve mi existencia.
Para que seas,
la uva que maduró en mi vid.
Para que fermentes en mis ansias,
para que puedas mantener,
embriagado mi espíritu.

Pétalos de mi corola, aire de mi aliento, trino del ave cantora de mis madrugadas, No me dejes, no ves que sin tus ojos no alcanzo a ver la luz del día, que sin tu figura las estrellas viajan sin mas noche que la penumbra de un agotado día. Que sin tu sonido se torna burdo mi oído. Que sin tus pasos dejará de caminar el tiempo. ¿Dime quien encenderá los luceros de mis solitarias noches, quién pintará los tonos de mis amaneceres y quién apagará las estrellas en las mañanas si es que tú no estás.

Así Bocán se alejó en medio de su tristeza y caminó a paso lento, botella en mano, dándose tragos en el camino, hasta llegar a su casa. Allí se encontraba Cuca, esperándolo como siempre, con su perfume de flor de canela que tanto le gustaba a Bocán. Lista, en espera de su amante, para trasladarse con él a los lindes donde se cultiva y florece el amor.

Se amaron toda la noche, despues él se quedó dormido, Cuca lo arropó, le dio un beso en la frente y al otro día Bocán se levantó de madrugada y se dio un rico baño frío, era otro hombre, era un hombre nuevo. Elba había desaparecido de su mente. Bocán desidió sacársela del sistema, empesando una nueva vida sin Elba.

Aparece Jenny en la vida de Bocán

Nunca se supo como fue que Jenny llegó a la vida de Bocán, pero se sabe que llegó. Cuentan que tanto Jenny como Bocán eran amigos de los gatos. Cosa que sorprendé a Bocán, quien ya buscaba una excusa para romper el hielo e ir a derretirlo sobre la cama. De inmediato Bocán le preguntó si aquel gato era macho o hembra. Ella le hizo ver a un Bocán sorprendió aquella preciosura de gato sobre el butacón de la sala. Mientras le contesto que era hembra pero que nunca se había apareado con gato alguno. ¡Bien! Dijo Bocán yo tengo el gato, así que déjame que lo traiga y veremos que pasa. Al regreso de Bocná allí estaba Jenny, vestida con un bata de dormir negra, completamente transparente, a través de la cual se notaba que peparaba el escenario para la guerra, Jenny se prepaba para la suya.

Bocán llegó al apartamento de Jenny, cuando la vio se quedó sin aire. Allí estaba Jenny, mostrando la radiancia de la carne, Bocán no cesaba de contemplarla, fue cuando se apareció la gata a la sala y el gato saltó de las manos de Bocán dedicándose a hacerle el amor a la gata.

Bocán por su pare se acerco a Jenny,

colocó el bolso conteniendo el vino sobre la butaca y la tomó en sus brazos, dirigiéndose con ella hacia el dormitorio. Se besaron intensamente mientras se quitaban la ropa. El se acostó sobre aquella sábana roja. Ella se subió a la cama, mostrando toda su figura caminando hacia Bocán, de pies sobre la cama. Caminó y una vez alcanzo la distancia deseada se sentó sobre su pecho. Mientras que el comenzaba a besarle intensamente. Sucedió que mientras los gatos se hacían el amor sobre la alfombra, Bocán y Jenny hacían lo propio sobre la cama.

Así fue como comenzaron las visitas periódicas y los regalos a fluir por si solos. Bocán se encontraba de luna de miel nuevamente. ¡Que rico es el amor cuando comienza a fluir de nuevo! Exclamaba Bocán.

Pasó el tiempo y Bocán ya ni se acordaba de Elba, cuyo deterioro físico se hacia más notable. Un buen día cuando Bocán se disponía a salir del apartamento de Jenny allí estaba Elba, parada frente a la puerta, en espera de que Bocán saliera.

Bocán trató de salir ligero, pero Elba le saltó

encima como gata en celo, rabiosa, y lo golpeó hasta más no poder, cayendo desplomada en medio de un ataque de histeria. Llama la ambulancia le ordenó Bocán a Jenny, a lo que ella asintió. Una vez que llegó la ambulancia tomaron la información de rigor y los para-médicos se la llevaron al hospital, no sin antes aplicarle un sedante.

Jenny no estaba acostumbrada a esos espectáculos y comenzó por dejar de llamar a Bocán. La idea era dejarlo poco a poco. Pero Bocán la veia como una persona que me resuelve y no me está resolviendo nada, asi que terminó por retirarse

Poco a poco se fue enfriando la relación. Hasta bajar a cero por completo. Bocán debería por fin mantenerse tranquilo en su casa y dedicarle más tiempo a Cuca y a los nietos.

Pero como dice el refrán, perra que nace huevera, cuando ve los huevos se le salen las babas. Eso era lo que le pasaba a Bocán, no se acostumbraba a la tranquilidad del hogar, le hacia falta la calle.

Se le salían las babas. Bocán cogió la calle y se la pasaba de barra en barra, mirando las mujeres y entre cuando y cuando se le veía salir con alguna, Aunque lo negaba, le hacia falta Elba, se le notaba cuando alguien pronunciaba su nombre. Pues de seguido se le aguaban los ojos; se ponía triste y se marchaba del lugar.

Bocán se lleva a Cuca de vacaciones

Una sabia decisión tomada por Bocán fue la de tomarse unas vacaciones. Ese día llegó eufórico a la casa, entró besando a todos y les dijo. ¡Nos vamos de vacaciones! Asi que a empacar la ropa que nos vamos mañana en la mañana.

"¿Quien se quedará a cargo del negocio?" Preguntó Cuca. "Yo creo que a cargo dejo al Negro Chiguan. El puede hacerse cargo. Es un hombre muy responsable conoce el negocio y tenemos la garantia de que es esposo de nuestra hija Lola."

Todos estuvieron de acuerdo y celebraron con un aplauso. Al otro día los recogió una limosina frente a la casa.

El auto partió rumbo a San Juan por aquella tortuosa carretera. Dos horas mas tarde se encontraban en Arecibo, precisamente en el Gran Café. Alli degustaron una comida criolla. Luego del almuerzo, tomaron rumbo nuevamente hacia San Juan.

Al llegar al Hotel Nomandie del Condado, Bocán le xplicó al hombre del counter, que el no era de la tercera edad, pero que un viejo padecimiento pulmonar no le permitía hacer rutinas de ejercicios largos o extenuantes. Le explicó que el habia tomado conciencia de ese fenómeno al sentir que las afecciones asociadas al envejecimiento están sujetas a un proeso natural y paulatino. Quiero una rutina suave de ejercicios que no me haga experimentar los malestares de adulto sedentario.

Asi que el hotel le preparó un programa de animación generalizada y convencional, omitiendo propuestas de tipo físico recreativas con carácter especial. En su programa Por lo general permanecería activo en esas instalaciones y el tiempo libre lo usaria para la ocasión, el tiempo se diluye en descansos pasivos y reuniones sociales. La oferta que les llegó fue una de gasto calórico y energías que Bocán aceptó realizar. Asi que optaron por paricipar dia a dia en los siguientes juegos: Caminatas durante las mañanas, paseos matinales

Incluyeron la realización de actividades físicas recreativas para personas de la tercera edad en instalaciones hoteleras, lo que resultó en una excelente manera de abundar en la búsqueda de un mejoramiento continuado y progresivo en la vida de Bocán y su familia, así como de su acercamiento a la práctica física sistemática por medio de formas atractivas de ejercitar el cuerpo, es decir a través también de experiencias espirituales sumamente gratas, de manera que no sólo esté en disposición de acceder a la contemplación de nuevos paisajes, reconocer los valores culturales del lugar que visita e intercambiar con otras personas. Disponer de una programación de este tipo, amplia y variada, sería una garantía para el éxito de cualquier hotel empeñado en el logro de un turismo de excelencia. Agotados los diez días de escanso se regresaron a

Mayagüez a reitegrarse al trabajo.

Elba consultó a los espíritus.

Angustiada por la falta de su hombre y la escases de dinero, ella fue al sector Rabo de la Changa cargando una gallina negra bajo el brazo a visitar a la espiritera llamada Tomasa la Negra.

Al llegar Tomasa invitó a Elba para que pasara a su cuarto de consultas. Tomaron asientos frente a un altar improvisado y adornado con cintas de múltiples colores y tonalidades, imágenes del Buda, de santos cristianos y africanos, como fotos de muertos. También había envases de cristal con monedas inmersas, unas en agua bendita otras en ron. No faltaron las mascaras hechas de conchas de coco y un coco tallado con la imagen de un indio al que se le había insertado un cigarro en la boca. En la esquina del cuarto se encontraba un espantapájaros

Tomasa le cortó la cabeza a la gallina y regó su sangre sobre el altar luego la depositó en un cesto. Quedó posesionada por aparentes entidades qur se manifestaban en trabalenguas y en un español quebrado le preguntaba a Elba, “Qué ej lo que te trai buena mosa, se te murió el amor o quir que yo lo mate? Entonces Traeeme tierra del cementerio, tres canillas de muerto, cien dolares een billetes de a uno, una foto y cabellos del sentenciado. En tres días te lo liquido.

Elba se cundió de panico y gritó, ¡Muerto no, muerto no lo quiero! Y salió corriendo del lugar.

En su carrera llegó hasta la casa de su amiga Loló quien la atendió con mucha delicadeza. La recostó sobre su pequeño sofás y le froto los brazos y las piernas con un brebaje de flores axhoticas contenido en una botella con alcohol etílico.

Descansa le dijo, en lo que te preparo un te de hojas de naranja agria con flor de tilo y algunas hojas de valeriana y un poco de ron.

Al cabo de unos minutos regresaba Loló con su aromático té de hojas de naranja agria, dentro del que depositó una onza de buen ron. Tómatelo para que te relajes, le dijo.

Una vez que Elba se sintió mejor, ambas mujeres se sentaron y conversaron por un buen rato, mientras se servían tragos.

Mañana ven, que te voy a enseñar un truquito, te voy a mostrar como fue que retuve a mi negro por cuarenta años, palabras que llenaron a Elba de entuciasmo, yendose temprano a la caa pensando, ¿Cuál será el truco de Loló?

Al otro dia se levantó bien temprano
se tomo una taza de cafe negro con un poco de brandi y se fue para la casa de Loló, quien la estaba esperando.

Al llegar Elba a la casita de Loló, se saludaron y pasaron a sentarse en el pequeño sofa. Se tomaron de las manos e intercambiaron saludos muy cordiales..

Fue Loló la que trajo el tema de Bocán cuando le dijo a Elba;

Se que has estado muy afectada últimamente por tus amores con Bocán y has buscado ayuda en los lugares menos propicios. Yo tengo el remedio para ti. Se levantó del sofá y se fue a su dormitorio, de regreso trajo en sus manos una botella de ron y una cajita blanca.

"El ron es por si te hace falta, pero del contenido de esta cajita tenemos que hablar."

Elba se sirvió un trago mientras Lolo destapaba aquella misteriosa caja blanca. Loló metió sus manos suavemente dentro de la caja y sacó de su adentro un rosario, una mantilla, un misal y una copia del Nuevo Testamento. A su vez le indicó, usalos para que aprendas a pedonar y lo perdones.

Elba se quedó sorprendida y comentó, ayer me ofrecieron su muerte y hoy me ofreces su perdón, a decir verdad no tengo forma de entender.

Mientras Loló le comentaba, los seres humanos tenemos necesidades y por complacerlas herimos a la gente que más queremos, no debemos odiar a los demás por sus errores o por los nuestros, acompañame a rezar y aprederás a perdonar. Ambas mujeres comensaron a rezar el Santo Rosario y todo fue tranquilidad y sociego. En adelante y durante todos llas tardes se reunían a rezar el Santo Rosario.

La imprenta clandestina.

Nosotros los Bocánes, como nos llamaban, éramos todo un equipo de trabajo sin igual. Nos fajábamos trabajando lo mismo de noche como de día. No teníamos reparos y cada cual conocía todos y cada uno de los pasos en la producción del negocio Por eso cuando el Bocán mayor se enfermó, allí estaba toda la familia para darle su apoyo. Esto convertía la banca en una empresa familiar.

Como la banca tiene un sólo día para producir el material, se debe ser preciso y exacto, ese día no hay lugar para el reposo, no se puede perder el ritmo del trabajo.

Bocán llegó con una prisa sin precedentes. Reunió al grupo y le dijo, tenemos problemas, no tengo a dónde mover la imprenta y hay una redada pautada para las seis de la mañana, así que a las 5:30 tenemos que estar fuera con los equipos y con toda la producción.

Para alivianar el trabajo envió a Papo con una maleta de bolipul a la casa de un amigo en el

Callejón Felipe Toro, para que fuera compaginado. Era la primera vez que Papo compaginaba y le tocó una banca de diez mil dólares. La experiencia fue muy dura, toda la noche trabajando para un niño no sólo era cruel y si que inhumano, al otro día estaba destrozado, su cuerpo no le respondía pero salvamos la banca.
Como Bocán preparó una ruta de escape basada en la división de tareas, cuando llegaron los agentes a las seis en punto, el local estaba vacío. Salvamos nuestra empresa familiar.

La fiesta

Habíamos salvado la imprenta de la policía y de Tomás Trampas, había que celebrar con uno de nuestros momentos familiares.
A nuestras fiestas venía toda la familia. Incluyendo gente de otros países, se desbordaba todo el barrio, nuestro gran patio resultaba pequeño pues se convertía en una gran verbena. La música era amenizada por el famoso Luis Puntilla y su grupo. Luego llegó el viejo Mon Rivera con su plena e hizo su famoso Gallo

espuelérico y toda una gama de plenas más. La cosa se puso mejor cuando hizo su arribo el invitado de honor, Shorty Castro con la banda de Charlie Miró, interpretando un conjunto de plenas dedicadas a Mayagüez.

Llegó la hora de la comida y se destapó el bufete. Dos terneras asadas, con una burundanga con bacalao, ensaladas frescas, arroz con gandules guisado (moro) y carne de cerdo. . Batatas asadas y un gigantesco bizcocho adornaba el centro de una mesa abarrotada de dulces típicos del país. Tres neveras llenas de cerveza y rones de diferentes marcas, incluyendo un galón de pitorro bien curado.

El patio lucía bellamente adornado con motivos puramente puertorriqueños. Para los que querían bailar estaba la marquesina. Con sus dos pasillos de acceso lleno de bailarines en espera de que el maestro Nestín García encendiera la tocadiscos y se escuchara la música. En la acera se apiñaron los tímidos, los que no se atrevían a entrar.

Todo era alegría para todos menos para uno de ellos, se trataba de Papo, el nieto, quien se fue alejando poco apoco del grupo. Papo no se encontraba a gusto, necesitaba estar solo, caminar, le hacía falta algo que le proveyera seguridad espiritual para su futuro. No aquel bullicio infernal.

Se salió de la fiesta y se fue a caminar por la calle General Patton hacia arriba, al llegar a la tienda de Agapito, miró hacia dentro y allí estaba Elba borracha, bailando al son de la vellonera, con un trago en sus manos.

Al verlo le llamó y le preguntó, ¿no te gustó la fiesta? Empinó su trago y le dijo, pues a mi tampoco. Tomó en sus manos un pedazo de madera que Agapito escondía detrás de la vellonera y caminó hasta donde Sabía, que estaba el carro de Bocán un Buick Imperial Nuevo, acabado de sacar, y golpeo sus cristales hasta hacerlos pedazos. Luego se marchó muy tranquila hacia su casa, se bañó y se acostó a dormir.

El nieto de Bocán se sintió obligado y regresó a la fiesta a contarlo todo. Luego de que el nieto le informara a Bocán lo sucedido volvió a la calle, sucediendo lo que aquí me narra Papo, el nieto de Bocán:

“Esto que le voy a contar es mi experiencia personal y única, no quiero que nadie se moleste conmigo por mis asuntos personales”.

“Para la última fiesta yo era todo un joven, sentía que la banca se había tragado mi juventud, sentí que no era nadie. Era la celebración de la llegada del nuevo año y yo sin escuela, sin amigos, sin mi abuela y sin mi tía, ya que todos se divertían bailando”

En la medida en que se fue acercando la media noche, fue aumentando el frenesí y todos querían cantar, hablar o darse el más grande de los tragos. Cada quien se divertía, pero a su manera. Por primera vez en mi vida me sentí infeliz, sentí que no tenía nada que celebrar, me quería morir, quise saltar, correr, pero me limité a salir andando. Caminé sin rumbo fijo y de pronto me encuentro caminando por la calle que pasa entre los dos caseríos.

Estaba perdiendo mi juventud y no tenía nada que fuera mío, ni siquiera tenía a Dios conmigo. Fue cuando me di cuenta que éramos una familia grande, adinerada, poderosa y fiestera, pero no teníamos a Dios con nosotros.

Por primera vez comprendí mi vacío, lo tenía todo, menos a Dios conmigo. Sonaron las doce de la medianoche y el cielo se encendió de fuegos artificiales, disparos al aire, sirenas, pitos y flautas.

Yo sentí que las lagrimas rodaban por mi rostro y el llanto se hizo presa en mi, me hinqué de rodillas y pedí a Dios por todos y cada uno de ellos. Me devolví a mi casa dónde fui recibido con besos y abrazos y se me pidió hacer un brindis, yo les regalé una sincera bendición.

Martes infernal.

Llegó el Martes, día de la Burra, como se le llamaba a la hoja de cuadre manual de los banqueros. Aquello era un caos. Nos levantábamos de madrugada a recibir los primeros boliteros quienes venían a hacer su entrega del dinero recolectado. Nosotros hacíamos el cuadre en medio del aroma a café y los desayunos de jamón queso, huevos, tocineta y pan tostado con lechuga fresca, que se servía.

Ese día comenzaba muy temprano y muy ruidoso. Llegaba el lechero, dejaba sus litros de leche y en un sobre el importe de sus ventas de la bolita.

Bocán pedía la Burra, que era una hoja de papel que contenía un listado con los nombres de sus vendedores personales.

La Burra se escondía en unas planchas de zinc dentro del patio.

Mientras Bocán hacía el cuadre de la Burra, nosotros hacíamos los cuadres individuales de cada vendedor.

El desfile era enorme, llegaban en auto, motoras, bicicletas y hasta a caballo. Se trataba de la caravana del hambre de nuestro pueblo, los que en vista de que los gobernantes no les resolvían sus problemas y el hambre, trataban su suerte y apostaban sus centavos a ver si la cosa cambiaba.

A Julián no le cuadró la Burra.

Julián llegó a caballo tempranito en la mañana a cuadrar su Burra. Eran las dos de la tarde y la burra no le cuadraba. Se enfadó pues alegaba que había mucho ruido en la sala y pidió que la desalojaran. Los chiquitines se alinearon sentados sobre el suelo y el resto de la gente salió fuera

No había pasado un largo rato, cuando se escuchó el palmetazo que diera Julián con la palma de sus manos sobre la mesa y el tintineo de unos doscientos dólares caer y rodar por las losetas. Nunca se puede olvidar el sonido de ola de mar que produjo aquella caída de dinero al piso.

Para los chiquitines aquello fue una fiesta, pues se lanzaron sobre el montón de monedas a llenarse los bolsillos.

Bocán le nombró un liquidador y la burra cuadró

Llegó el Miércoles día del premio.

Llegó el ansiado día del premio, los vendedores de bolita y lotería, uno por uno desfilaban por el puesto del mondongo a ingerir el sabroso caldo de viandas y viseras de cerdo.

Comenzaba la transmisión radial de la lotería, en la medida en que avanzaba el sorteo, seguía llegando la gente, los que hacían rueda al derredor de los vendedores, como si esto les garantizara su premio. Unos llegaban llenos de ánimos, otros en estado negativo porque le "barrieron la Burra" o sea que se vendió el premio y la ganancia sería escasa.

Llegaba la tarde y ya cada quien sabía si había ganado o perdido. Bocán se iba a la casa a colocar los premios en bolsas de papel, para que fuéramos luego a hacer entrega de los mismos. Luego cobrábamos nosotros.

Tomás Trampas ataca

La visita de Tomás Trampas fue indeseada e inoportuna. Llego en el día de la semana en que se están cuadrando cientos de bancas. Tomás quería hacer negocios, venia dispuesto a llevarse dinero con el. Bocán atendió personalmente su requerimiento de ofrecerle protección a cambio de dinero.

Bocán les explicó que el pagaba dinero a

Meliá y que aquello era territorio protegido por los canelos. No sin antes meterse la mano al bolsillo y extenderle dos billetes de a cien, mientras les decía, esto es por haberse tomado la molestia, gracias pero estoy cubierto.

Tomás Trampas y su lugarteniente se levantaron y se fueron. A la salida estaba el Negro Mague con dos de sus hombres armados hasta los dientes.

Al salir, Tomás y mague intercambiaron miradas fijamente. Se miraron como miran los muertos. Trampas lo reconoció y lo saludó, Hola Mague, ¿que haces? Mague de forma seca y sin siquiera parpadear le contestó. Trabajando. Trampas entendió el mensaje y siguió su camino sin siguiera mirar a tras.

La suerte estaba echada, trampas no se quedaría con aquello. Pasaron unos días y trampas estaba listo para volver sobe sus pisadas.

Nos narra uno de los nietos de Bocán, que: "Ese día nos fuimos a visitar a los jugadores para cobrar las jugadas de la semana, todos personas necesitadas, los que en su mayoría eran obreros y desempleados, trabajadores de la construcción y la caña, quienes ponían sus esperanzas en el premio de la bolita. Bocán insistió en que nos lleváramos la escolta con nosotros,

Ese día todo nos salió mal, el abuelo se quedó solo en la casa sin su acostumbrada escolta y nosotros nos fuimos a trabajar la ruta.

Escuchábamos un programa noticioso en nuestros radios de batería cuando daban las noticias de que Tomás Trampas había escapado de la cárcel y estaba por Ponce asaltando y robando comerciantes.

La verdad del caso era que aquel fugitivo Tomás Trampas, en ese momento se encontraba en Mayagüez y más que Mayagüez, en la casa del abuelo Bocán

Llegaron de sorpresa y armados con armas largas y cortas, encañonaron a toda la familia. Luego de amarrarlos registraron toda la casa en busca de dinero, lo que no encontraron. La banda de Tomás Trampa se adueño de una sortija propiedad de Bocán y varias otras prendas valoradas en miles de dólares.

Como no encontraron dinero, decidieron llevarse secuestado al abuelo y tomarlo de rehén. Le colocaron una bolsa de papel sobre la cabeza y se lo llevaron. Lo trataron mal, no tomaron en cuenta que en otras ocasiones el abuelo les había protegido y dado dinero a su mejer para que se lo llevara a la cárcel.

Con Bocán en manos de Tomás Trampas no había mucho que hacer que no fuera esperar y esperamos con los dedos cruzados y rogando que el criminal tuviera merced del abuelo.

Se movieron por toda la ciudad visitando los contactos de Bocán logrando reunir una suma indeterminada de dinero.

Se fueron por la carretera vieja de Mayagüez a Cabo Rojo y al llegar a los Cerrillos, se preguntaban donde dejarlo y si lo dejaban vivo o muerto. Tomas comentó, dejémoslo vivo. Le colocaron un paño con cloroformo sobre la nariz, luego de amarrado y anestesiado lo dejaron solo y abandonado dentro de su auto en el Barrio Cerrillos de Cabo Rojo, donde lo encontró la policía.

Al llegar a la casa, allí estaba el resto de la familia atados de pies y manos.

La tía a pesar de que padecía de sus facultades mentales, supo describir los tatuajes de todos y cada uno de los secuestradores, las armas y los rostros de todos.

A los pocos días todos los asaltados fueron llamados por la policía, pues Tomás Trampas había sido atrapado en el pueblo de Dorado, cuando pasaron revista para identificar las joyas, allí estaban el reloj, la sortija del abuelo y las demás valiosas prendas. Pero el abuelo, para evitar testificar en cortes, decidió negar que aquellas fueran sus prendas.

De igual manera cuando llamaron a la ronda de identificación a través de cristal, negó haber visto aquellos hombres anteriormente.

Una Noche con Medea

Medea era una chica teatrera, siempre queria estar en escena, para ella el teatro lo era todo. Lo era todo en primer lugar y en segundo lugar la fiesta. En la fiesta quería ser la reina a la que todos deberían rendirle culto y reverencia. Para poder mantener control sobre su público, prefería hacer las fiestas en su casa. Ella ponia la casa y los invitados cada quien traía algo de comer, ron o cerveza.

Se hacía la fiesta y Medea terminaba borracha recitando fragmentos de la obra teatral Medea, de ahí que todos la llamaban Medea.

Uno de los asiduos participates de estas fiestas. Conocedor del carácter dadivoso de Bocán, lo invito a una de las fiestas, a lo que Bocán asintió.

Esa noche Bocán recogió a su amigo en el lujoso Buick del año y causaron sensacion al llegar a la fiesta, los que llegaban se detenían a preguntar por el dueño de aquella magestuosa nave, hasta que alguien contestó. Es un invitado especial de Medea. Todos quedaron absortos, querían conocer al nuevo amigo secreto de Medea.

Ya Medea y Bocán habian sido presentados y platicaban sentados a una mesa saboreando una copa del champan que trajo Bocán a la fiesta.

Todos querían conocer al millonario galán que Medea se tenía escondido y así lo manifestaban. Medea no afirmaba ni negaba aquellos rumores, ya que exaltaban su realeza.

La noche se hizo mas extensa que nunca y ya se terminaba la fiesta cuando Bocán invitó a Medea a salir a comer fuera, como ya era tarde, Medea le sugirió que fueran al otro día, cosa que Bocán aceptó.

Al otro día Medea fue recogida por el "CABALLERO DEL BUICK ROJO" Fueron a un lujoso restaurante en la playa de Rincón a saborear una rica paella valenciana.

La velada fue de maravilla, intercambiaron regakos e historias, comieron, bebieron bailaron y al final de la noche se besaron. Medea de su lado y Bocán del suyo sentian haberse salido con la suya.

Se reresaron a la casa de Medea donde bailaron unos suaves y cubanisimos boleros. Llego la hora de la despedida y Bocán le pidió que fuera su chica, a lo que medea le indicó que le diera unas semanas para conocerlo mejor. Bocán estuvo de acuerdo y se marchó con un beso en la mejilla.

Pero todo no terminaba allí y Bocán sacaba a Medea con más y mayor frecuencia. Hasta que pasaron las semanas de plazo que había pedido Medea. Se reunieron esa noche en la casa de Medea en una fiesta cerrada, sólo para los amigos mas cercanos.

Medea se emborrachó, mostrándose muy impertinrnte con los invitados, los que simplemente se fueron marchando. Bocán se quedó con Medea, acompañados por Alfonsina y su novio Joe.

Colocaron una bandeja sobre la alfombra con una botella de licor y unos refresos de soda, los que aompañaron con alguna picadera.

Joe, quien pulsaba muy bien la guitarra, entonó algunos acordes y Madea, como aiempre, recitó un fragmento de la obra Medea:

Los hombres dicen que llevamos una vida fácil, seguras en nuestras casas mientras ellos lo arriesgan todo ante la punta de una lanza. ¿Qué saben ellos? Yo preferiría entrar en batalla tres veces con escudo y lanza que dar a luz una sola vez. "

"¿y el amigo aquí, cantas, declanas, escribes?" Preguntaba Joe, mientras pulsaba la guitarra.

"Yo escribo algunas cosas, aunque mi fuerte son los números" fue la replica de Bocán, todos rieron sin entender el chiste. "pero les voy a resitar uno de mis poemas, y les advierto que es triste"

"Cuando el pensar sensato no me ofrece respuestas

Y el razonar juicioso abandone mis pensamientos,

No podré imaginar tu rostro frente a mis recuerdos,

Aunque mi cavilar te busque de puerta en puerta.

Ya no podre discurrir sobre las cosas del pasado,

Tampoco especular sobre el futuro venidero.

Reflexionar será la fruta perdida de mi sendero

Y el profundo meditar será pensar sin resultado.

Más al rumiar en los atisbos de pretéritos tiempos,

No habrá más recapacitar de equivocados caminos;

Ni podré crear nuevas rutas para viejos destinos,

Tampoco examinar nuestras velas frente al viento.

No habrá más calcular de ideas, proyectar o concebir.

Nuestro pasado ya no engendrará triviales recuerdos,

Discapacitado para crear más poemas tampoco cuentos,

No me será permitido opinar, juzgar, ni escribir
No me será dado suponer en asuntos de importancia;
Al estimar que se acerca el encuentro con mi despedida
Cuando se acaricie planear el momento de mi partida
Los entendidos habrán de negociarán con arrogancia

Todos lo aplaudieron y Joe interpreto Mi querido viejo, al final de la cancion todos callaron en un meditar profundo

El silencio fue interrumpido cuando alguien llamaba a la puerta. Alfonsina abrio la puerta y eran los vecinos del piso superior inmediato, quienes nos invitaban a festejar en su casa,

Medea les indicó que se fueran ellos primero, que nosotros los alcansabamos luego. Medea realmente no queria ir, se sentia indispuesta, lo que ella queía era irse al baño a vaciar su estomago y asi lo hizo.

De repente sintió que se asfixiaba y pidio ayuda, Bocán fue al baño a socorrerla, se quito su pantalón y su guayabera con el fin de no ensuciarlas, tomó a Medea en sus brazos y la colocó debajo de la ducha, luego se dispuso a limpiar toda la vomitadera. Terminada la limpieza del baño se dispuso a bañar a Medea. Luego del baño la vistió y la acostó sobre la cama, paso a bañarse y vestirse. Bocán se disponia a irse, no sin antes ver como se encontraba la paciente. La arropó, le dió un beso en la frente y se irguio para marcharse. Al llegar a la pueta del dormitorio, escucho una tierna voz que le decia: "No tienes que irte Bocán, un caballero como tu no debe irse con las manos vacías, regresa." Bocán se tomo unos instantes para voltearse, mas cuando lo hizo, Medea se quitaba la ropa, quedándose completamente desnuda.

Bocán sintió que su corazón se aceleraba repentinamente y que su sangre comenzaba a llenar los espacios vitales con celeridad, ya no mandaba el caballero que habitaba en él, dominaba la bestia que llevamos dentro. Todo su cuerpo estaba tenso, pues se cargaba de energia orgástica, cargandose al extreno de querer estallar, yendose a decargar toda su energia sobre el cuerpo precioso de Medea. Culminada la descarga se relajaron a los extremos, mientras ella recitaba versos de Alfonsina Storni

Soy tuya, Dios lo sabe por qué, ya que comprendo
Que habrás de abandonarme, fríamente, mañana,
Y que, bajo el encanto de mis ojos, te gana
Otro encanto, el deseo, pero no me defiendo.
Espero que esto un día cualquiera se concluya,
Pues intuyo al instante lo que piensas o quieres.
Con voz indiferente te hablo de otras mujeres
Y hasta ensayo el elogio de alguna que fue tuya.

Pero tú sabes menos que yo, y algo orgulloso
De que te pertenezca, en tu juego engañoso
Persistes, con aire de actor del papel dueño.

Yo te miro callada con mi dulce sonrisa,
Y cuando te entusiasmas, pienso: no te des prisa,
No eres tú el que me engaña; quien me engaña es mi sueño.

En esos momentos se escucho el sonido de la puerta que se abría, era su indiscreta amiga, quien acompañada de su novio entraban y preguntaban; ¿Están bien? Mirando los cuerpos tendido sobre la cama, al desnudo.

Medea se lleno de ira, mas tratando de racionalizar la situacion, golpeo a Bocán en el rostro mientras le gritaba: ¡Abusador me violaste, te aprovechaste de mi condición de mujer borracha para violarme! ¡Esto no te lo perdono jamás, lárgate!

Bocán se puso su ropa si prounciar palabras, luego de vestirse se dirigió hacia la puerta del aposento, desde donde mirando a Medea en su rostro le recitó el poema de Neruda Canción de Despida:

Emerge tu recuerdo de la noche en que estoy

El rio anuda al mar su lamento obstinado

Abandonado como los muelles en el alba

Es la hora de partir oh abandonado

Sobre mi corazón llueven frías corolas

Oh sentina de escombros, feroz cueva de náufragos!

sin ti se acumularon las guerras y lo vuelos.

De ti alzaron las alas los pájaros del canto.

Todo te lo tragaste, como la lejanía.

Como el mOar, como el tiempo. Todo en ti fue naufragio !

Era la alegre hora del asalto y el beso.

La hora del estupor que ardía como un faro.

Ansiedad de piloto, furia de buzo ciego,
turbia embriaguez de amor, todo en ti fue naufragio!
En la infancia de niebla mi alma alada y herida.
Descubridor perdido, todo en ti fue naufragio!
Te ceñiste al dolor, te agarraste al deseo.
Te tumbó la tristeza, todo en ti fue naufragio!
Hice retroceder la muralla de sombra.
anduve más allá del deseo y del acto.
Oh carne, carne mía, mujer que amé y perdí,
a ti en esta hora húmeda, evoco y hago canto.
Como un vaso albergaste la infinita ternura,
y el infinito olvido te trizó como a un vaso.
Era la negra, negra soledad de las islas,
y allí, mujer de amor, me acogieron tus brazos.
Era la sed y el hambre, y tú fuiste la fruta.
Era el duelo y las ruinas, y tú fuiste el milagro.
Ah mujer, no sé cómo pudiste contenerme
en la tierra de tu alma, y en la cruz de tus brazos!
Mi deseo de ti fue el más terrible y corto,
el más revuelto y ebrio, el más tirante y ávido.
Cementerio de besos, aún hay fuego en tus tumbas,
aún los racimos arden picoteados de pájaros
Oh la boca mordida,

oh los besados miembros, oh los hambrientos dientes, oh los cuerpos trenzados.
Oh la cópula loca de esperanza y esfuerzo
en que nos anudamos y nos desesperamos.
Y la ternura, leve como el agua y la harina.
Y la palabra apenas comenzada en los labios.
Ese fue mi destino y en él viajó mi anhelo,
y en el cayó mi anhelo, todo en ti fue naufragio!
Oh sentina de escombros, en ti todo caía,
qué dolor no exprimiste, qué olas no te ahogaron.
De tumbo en tumbo aún llameaste y cantaste
de pie como un marino en la proa de un barco.
Aún floreciste en cantos, aún rompiste en corrientes.
Oh sentina de escombros, pozo abierto y amargo.
Pálido buzo ciego, desventurado hondero,
descubridor perdido, todo en ti fue naufragio!
Es la hora de partir, la dura y fría hora
que la noche sujeta a todo horario.
El cinturón ruidoso del mar ciñe la costa.
Surgen frías estrellas, emigran negros pájaros.
Abandonado como los muelles en el alba.
Sólo la sombra trémula se retuerce en mis manos.

Ah más allá de todo. Ah más allá de todo. Es la hora de partir. Oh abandonado.

Bocán se montó en su flameante carro, encendió un cigarrillo, abrió la gaveta de la consola, sacó un retrato de cuca, lo mirró fijamente y le dijo, Te amo Cuca, ves Cuca como tú te las ganas a todas. Encendió la radio, se pasó las manos por su cabellera y se marchó raudo hacia su casa.

Papo cae en las drogas

Las cosas no andaban tan bien como antes y el negocio de la banca a penas daba para sostener sus compromisos.

Papo, uno de los nietos de Bocán, comenzó a fallar en sus tareas asignadas. Lo que nos puso a todos en vela y a la expectativa, pues algo andaba mal.

Papo comenzó a sufrir cambios de conducta, luciendo un estado de ánimo que le llevaba desde la completa calma, hasta un estado de hostilidad total. Bocán no hallaba que hacer, ¡Mi nieto no es así! Exclamaba.

Papo se fue retrayendo más y más cada día, manteniéndose aislado del grupo familiar. Papo llegaba ocasionalmente con los ojos rojizos, sus pupilas dilatadas, mostrando dificultad al hablar.

Su desempeño escolar se hizo nulo y fue expulsado de la escuela, adoptando nuevas amistades, todos de baja reputación. Comenzó a bajar de peso y a vestir de forma desaliñada y se la pasaba picando desesperante en la nevera. Lo más obvio fue encontrar en la ropa y en el cuarto parafernalia, como jeringuillas, pipas, pastillas y otras sustancias adictivas.

Había que hacer algo, pero nadie sabía que. Solo se les ocurrió un remedio, castigarle físicamente y probarlo de todos los beneficios de la banca. Fue cuando la cosa se puso peor. Comenzó a desaparecerse el dinero de los boliteros. Objetos valiosos como prendas, se estaban desapareciendo y luego aparecían en las casas de empeño. El problema lejos de desaparecer, se agravó más, Papo era un problema, así que salimos de él y lo botamos de la casa. Fue entonces cuando comesaron los problemas.

Papo incrementó su adicción y se dedicó al robo y a otras actividades delictivas, desarrolló una red de saqueadores en el Mayagüez Mall, entre los guardias de las aseguradas de las más grandes tiendas. El Guardia de la tienda se hacía de la vista larga mientras que Papo seleccionaba el equipo y salía con el equipo en sus manos. Luego que se vendía, dividían la ganancia. Hasta que un buen día fue arrestado con el carro lleno de mercancía y llevado al cuartel de la policía e interrogado. Papo alegaba que la mercancía era de él y en vista de que no se habían radicado querellas, hubo que soltarlo y lo dejaron ir.

Pero Papo tenía un vicio que mantener y lo iba a hacer a toda costa. Cometiendo delitos contra la persona Juntó unos mil quinientos y fue a negociar un puno para la venta de drogas.
Le fue asignando una esquina en el mismo barrio, desde donde vendería,

Pero el vicio pudo más que la cordura y Papo terminó metiéndose el punto por las venas, se drogó con la ganancia y con la mercancía.

Terminando preso en un calabozo de la cárcel de Aguadilla. Papo rompería su vicio en frío, o rompía vicio o se moría y Papo estaba muy desgastado se nos estaba muriendo, Papo se moría poco a poco. pero se nos moría.

Fue entonce que apareció un joven vestido de blanco quien:

Su mano posó en mi hombro,
Tomándome por sorpresa.
Sentí su naturaleza,
sumergido en el asombro.
Yo casi ni le respondo,
al sentir su arrullo suave,
deslizarse como nave,
que se asoma al horizonte;
como el sonido del monte;
cuando le arrullan las aves.

Aquel ángel llegó en los momentos en que sus fuerzas se desvanecían y sentía que su espíritu comenzaba a abandonar su cuerpo. Se le acercó y colocó sus manos sobre los hombros de Papo y le dijo, no te dejes ir, ¡Cristo te ama! Fue entonces que una fuerza vigorosa se adueñó de su cuerpo, aquel ángel lo tomó en su regazo, lo abrazó y lloraron juntos hasta agotar las lágrimas.

Al recuperarse del vicio, Bocán estaba esperándolo con la Biblia en sus manos.

El desgaste de Bocán

Cuca nunca desatendió a su hombre, siempre lo mantuvo bien vestido y bien planchado. Como ya no podían pagar por los servicios domésticos, Argelia se hizo cargo de la cocina y Cuca de la lavandería y entre ambas limpiaban la casa todas las semanas,

Pero Bocán ya no era el mismo, se sentía improductivo viejo y solo sin su Elba. Cuca lo atendía como a un rey, pero se sintió como un toro castrado y se iba a caninar solo, sin mas acompañante que el viento.

Un buen día mientras caminaba por la orilla del mar, noto que lo vigilaban y se puso en estado de alerta. Eran dos sujetos de mediana estatura, usando camisas de manga larga con chaleco negro. Estaban barbudos y con el cabello sobre los hombros. Camino en círculos para despistar a sus seguidores, pero estos no cesaban en su empeño de vigilar.

Tanta fue la insistencia de los sujetos, que Bocán decidió enfrentarlos y pelear. Ya no tengo su edad ni su fortaleza pero voy a pelear por mi honor.

Se detuvo e hizo un giro de ciento ochenta grados. Dirigiéndose hacia los sujetos mirándolos fijamente. Mientras tanto y cuando caminaba, notó que los sujetos detuvieron la marcha y se le quedaron mirando con fijeza, formando una pared humana frente al agurrido Bocán, quien se dispuso a pasar or entr los don sugetos. Mientras tanto y cuando caminaba, notó que los sujetos detuvieron la marcha y se le quedaron mirando con fijeza, formando una pared humana frente al aguerrido Bocán, quien se dispuso a pasar por entre los dos sujetos. Bocán pensaba, si me tocan los golpeo y corro a defenderne, mientras niraba a lado en busca de algun objeto con que defenderse.

Nada aparecía, ni siquiera un pedazo de

madera. En la medida en que se acercaba, comenzaron a bajarle dos hilos de sudor por las mejillas, Mas cuando se disponía a golpear para romper aquella pared que formaban los dos hombres, estos se hicieron a un lado dejándolo pasar. Bocán no sabia si era por el susto o la sorpresa, menos por qué fue que se le quitaron las ganas de correr que tenia.

Bocán se detuvo y les pregumtó, ¿quienes son ustede El primero respondió yo soy Pesín Pagán, mientras que el otro respondía yo soy Carlos Pérez. Somos tu seguridad, pero yo no he contratado seguridad alguna, Agregó Bocán. Usted no, pero don Pepe Nerón si, el no quiere que le pase nada. El pasó por aquí y lo vio a usted solo en este tramo tan peligroso de playa y nos envio a cuidarlo.

Ahora que los veo de cerca se quienes son, ustedes iban a mi casa de niños, pero con esas barbas y esas melenas, quien los reconoce. Y se marcharo000000000000000000000000000000000 00000000000000000000000000000000000n entre risas y juntos, hasta donde estaban los autos parados, luego cada quien tomó su camino.

El ocaso de Bocán

Las bancas no estaban siendo atendidas como antes, Los padrino del juego empezaron a quejarse de que no les estaba entrando suficiente dinero en efectivo. De otro lado, los protectores del Estado, jueces y policías, al ver disminuidos sus ingresos, dejaron de ofrecerle protección. Comenzando así una serie de allanamientos, acompañados de los subsiguientes juicios legales,

Le acusaban de casos fabricados los que se caían en los tribunales y de inmediato venían nuevas acusaciones de ventas del material, Así fue que poco a poco iba quedándose sin dinero. Estaba en la banca rota. Solo le quedaba su apartamento en el residencial publico, su fiel mujer, sus hijos y un Buick viejo.

Bocán no dejó sus malos hábitos de hombre mujeriego y se la pasaba de barra en barra, tomando y complaciendo peticiones a mujeres de todas clases y de todas las edades.

Su desgaste se hizo patentemente manifiesto y un buen día se colapsó y hubo que correr con él para el hospital en los brazos de la muerte. Mas cuando sus ojos se negaban a abrirse y sus piernas no soportaban su peso y su brazos no podía levantar, y su cerebro se tornaba obscuro, e incapaz de generar ideas, escucho una voz amiga que le susurraba al oído; ¡Levantate Bocán, Cristo te ama!

Bocán sintió que una fuerza extraña se apoderaba de su cuerpo y empezó a vivir de nuevo, era su nieto Papo, aquel nieto que una vez volvió a la vida por la gracia, hoy servia de puente para que la gracia se adueñara de su espíritu y Bocán volvió a vivir..

Ya viejo y antes de su muerte, Bocán se arrepintió de sus pecados y por haber llevado una vida tan licenciosa como la que llevó y se entregó al señor, aceptando a Cristo como su salvador

Todo fue tan distinto, salíamos en el carro a pasear y me pedía que le cantara un corito de su preferencia. Yo lo complacía.

Un buen día se nos quedo dormido plácidamente en su sillón de descanso.

Había muerto la leyenda de Bocán

Cuca le sobrevivió a los dos y se dedico a administrar alguna propiedades que sobrevivieron la tempestad y las propiedades que heredó de su padre.

Las bancas de la bolita habían pasado a la historia.

La muerte de Elba Vargas

Los últimos días de Elba fueron de mucha tristeza. Desgastada por los años, el alcohol y los malos tiempos, se notaba falta de peso, eso si, mantenía su donaire y su frescura, nunca dejó caer su maquillaje y andaba bien vestida. Se nos había puesto vieja, pero era una vieja linda, guapa que ya no tenía aquel cuerpo voluptuoso con el que descontrolaba a los hombres, pero todavía al pasar, los viejitos se volteaban a mirarla.

Elba tenía por costumbre ir en las mañanas al Colmado Pacheco, se daba un trago y se regresaba a su casa. Esa era su rutina de todos los días. Pero un buen día no fue de mañana al Colmado Pacheco, ni caminó su ruta como de costumbre. Algo andaba mal, se decía la gente.

En efecto. Algo andaba mal y la encontraron tirada sobre el suelo de su casa muerta. Se cerraba toda una página de la vida de una de las más conocidas amantes. Se cerraba la vida de una de las mujeres más bellas y sensuales que ha dado Mayagüez. Había muerto Elba Vargas.

El velatorio fue en la casa en que vivió toda su vida y no cesaba de llegar la gente a verla. Unos a saludarla, quienes brindaban por los viejos tiempos y otros porque querían conocerla, otros porque la amaron.

El entierro de Elba Vargas fue algo digno de recordar. Llovía y la gente se mantuvo en la marcha fúnebre, cientos de paisanos que se acercaron a rendirse tributo a la modelo del barrio, a la mujer más bella del Barrio Colombia.

Replica de un lector.

Un triángulo tiene tres lados y usted ha dejado marginada a la abnegada Cuca la ha dejado a un lado. Diganos que pasó con Cuca.

Respuesta del autor:

Cuca, pues la abnegada Cuca soporto todo el huracán que fue la vida de Bocán. Soportó la tormentosa presencia de Elba en su vida. Soportó la breve e nsignificante presencia de Jenny en su camino y soportó el aleccionante pisotón de Medea sobre el dedo gordo de Bocán.

A fin de cuentas todos se fueron al salirde escena y sólo quedó Cuca con sus hijas y la parte de las propiedades y la fortuna que Bocán no se logró mujeriar.

Cuca nunca fue una mujer apegada a los bienes materiales asi que donó las propiedades a los pobres del barrio y el efectivo lo puso en una caja fuerte de banco para gastarlo con sus nietos poco a poco.

Como Juano el eposo de Argelia acababa de comprarle una casa a Argelia, la hija de Cuca, este le permitió a Cuca construir un anexo a la vienda, Cuca a cambio le regaló a Juano una máquina de hacer ejercicios y un juego de pesas para mantenerse joven y en forma y allí en el anexo, pasó Cuca los últimos dias de su vida rezando por el adelanto epiritual de Bocán, Elba, Jenny, Medea y todos los buenos bolieros del barrio.

www.ingramcontent.com/pod-product-compliance
Ingram Content Group UK Ltd.
Pitfield, Milton Keynes, MK11 3LW, UK
UKHW041926190726
13854UKWH00003B/1461

9 781300 349679